AF599505

En sécurité…

Sophie Broussin

En sécurité…

Roman

LE LYS BLEU
ÉDITIONS

ISBN : 979-10-422-1329-9

Chapitre 1
Une femme, un homme, un coup de foudre

Elle (Stéphanie) 37 ans, grande environ 1 m 70, cheveux châtain foncé, yeux marron. En couple depuis 15 ans, marée depuis 10 ans à Jean commerciale dans sa boîte depuis 10 ans, sans enfant, hôtesse accueille dans une grande surface depuis 10 ans.

Lui (Nicolas) 37 ans, grand environ 1 m 80, cheveux bruns, yeux bleus. Célibataire sans enfants. Agent de sécurité depuis 15 ans mais seulement depuis 2 ans dans la même grande surface que Stéphanie.

Leur regard ne s'était jusqu'alors jamais croisé, jusqu'à ce matin-là.

Un client entre dans le magasin parmi tant d'autres.

C'était un homme très mal vêtu, personne ne le savait mais cet homme était armé sous sa veste. Il se retourna d'un coup vers Stéphanie qui se trouvait derrière l'accueil, il la braqua en lui demandant de lui donner l'argent de toutes les caisses. L'hôtesse avait très peur, mais faisait tout pour ne pas lui montrer.

Nicolas qui avait tout vu depuis son poste de travail grâce aux caméras, il appela la gendarmerie avant d'aller dans le magasin. Il arriva vers l'homme et lui demanda poliment de se calmer. Celui-ci ne l'écouta pas et lui demanda de passer derrière l'accueil. L'agent de sécurité y passa alors. Il tentait comme il pouvait de rassurer Stéphanie. Soudain, la gendarmerie arriva, les gendarmes coincèrent l'homme armé très vite. Ils le menottèrent et l'emmenèrent avec eux. Stéphanie encore sous le choc, s'effondra dans les bras de Nicolas.

Elle voulait remercier son collègue d'avoir été là et d'avoir appelé la gendarmerie. Lui affirmait qu'il n'avait pas besoin d'être remercié, il n'avait fait que son travail. Elle insista en lui laissant des petits mots dans son bureau, elle y nota même son numéro de portable. Trois jours plus tard, elle reçut un SMS de ce collègue héroïque, il avait accepté et lui donna alors rendez-vous le mercredi matin de cette semaine chez lui vers 10 h pour un café. Bien sûr, elle accepta mais effaça le SMS pour que son mari ne tombe pas dessus. Il était trop jaloux et puis c'était un café amical…

Ce mercredi, elle se rendit alors chez lui. Il attendait avec le café et un bon gâteau qu'il avait faits lui-même. Ils restèrent 1 h à discuter, à faire connaissance. Un lien d'amitié très fort s'était créé entre eux. Elle dut repartir pour aller travailler. En partant ils se firent la bise, leurs bouches se frôlèrent tous deux étaient gênés. L'heure de se séparer était arrivée. Tous deux avaient un pincement au cœur à l'idée de se quitter.

Chapitre 2
Le dîner

Le lendemain, ils se retrouvèrent au travail, ils échangèrent un léger regard. La matinée passait et leurs regards se croisaient toujours aussi discrets. Le moment de la pause arriva pour Stéphanie, elle se rendit au vestiaire, regarda son portable et vit qu'elle avait reçu un SMS de Nicolas. Celui-ci disait : « Depuis que nos regards se sont croisés, que nos lèvres se sont frôlées, je ne cesse de penser à toi. Je sais que tu es mariée, mais je ne peux te retirer de mes pensées. Accepterais-tu un dîner avec moi ? En attente de ta réponse, passe une bonne journée. Bisous. »

Stéphanie resta scotchée sur le SMS, elle ne sut que répondre. L'envie d'accepter était forte mais quelle excuse allait-elle trouver auprès de son mari ? Soudain, une idée lui vint, elle dira à son mari qu'elle avait une réunion de travail, alors elle renvoya un SMS à Nicolas « Moi aussi je ne cesse de penser à toi depuis hier. J'accepte ce dîner avec plaisir. Dis-moi quand ? Je m'arrangerais, Bisous ». La pause terminée, elle retourna à l'accueil et aperçut Nicolas qui regardait son portable, un sourire pouvait se lire sur son visage. Il la regarda et lui fit un autre sourire et un clin d'œil.

À la fin de sa journée, elle regarda son portable, il avait répondu : « Vendredi 22 juin, rendez-vous à 21 h au bar en face de l'église. J'ai hâte d'y être et de me retrouver le temps d'un repas en tête à tête avec toi. À vendredi, bisous ».

Le vendredi tant attendu arriva enfin. Stéphanie travaillait seulement l'après-midi et allait donc avoir peu de temps pour se préparer, en même temps, elle ne pouvait pas rentrer à la maison après son travail, son mari pourrait soupçonner quelque chose. Elle décida donc de prendre sa tenue avec elle et sa trousse avec quelques produits de beauté (brosse à cheveux, parfum, rouge à lèvres léger, fard à paupières, eye-liner, mascara…) Nicolas lui devait travailler toute la journée. Ce fut le plus long vendredi pour tous les deux, les regards et les sourires ne cessèrent de se croiser. Enfin, ce fut l'heure de fermeture du magasin. Nicolas n'avait jamais été aussi pressé d'en faire le tour. Quant à Stéphanie, elle fit également le tour des îlots de caisse rapidement, et le comptage des caisses de l'accueil. Une fois tout terminé, Stéphanie put enfin partir, elle lança un clin d'œil à Nicolas lui fit de même. L'hôtesse se dirigea vers sa voiture pour se faire une beauté puis se dirigea vers le lieu de rendez-vous.

Étant très en avance, elle attendit dans sa voiture. Nicolas lui aussi était en avance, il s'installa alors en terrasse au soleil pour prendre un verre sans savoir que, non loin de lui, se trouvait celle qu'il attendait. Stéphanie l'observait de loin, elle ne voulait pas arriver trop vite, ils avaient rendez-vous à 21 h et il était seulement 20 h 45. Stéphanie tremblait, de quoi allaient-ils parler ? Elle avait l'impression d'être infidèle à son mari alors que ce n'était qu'un dîner, quand elle reçut un SMS, c'était Nicolas. Le SMS disait : « Je viens d'arriver, je t'attends en terrasse. J'attends le soleil qui malheureusement est déjà parti. Ah ! Non je le vois, il n'est pas loin de moi, puisqu'il est dans sa voiture rouge face à moi… LOL. À tout de suite, mon soleil. » Elle leva la tête de son portable et le vit qui envoyait un baiser de sa main vers elle. Un peu gênée, elle sortit de sa voiture, la ferma à clé et se dirigea vers lui. En la voyant arriver, il se leva pour lui faire la bise. Puis elle s'assit en face de lui. Ils prirent tous les deux un apéritif, lui commanda un whisky et elle un kir à la framboise. La soirée put enfin commencer, pour le repas, ils décidèrent de rentrer dans le restaurant, dehors, il commençait à faire frais. Tous deux, un peu stressés par cette soirée, finirent finalement par se décontracter et rirent aux éclats. Le dîner se termina donc dans la joie et les rires. Stéphanie regarda sa montre et se rendit compte qu'il était déjà tard (23 h 45). Elle s'excusa auprès de Nicolas et lui expliqua qu'elle devait y aller. Nicolas comprit et se leva pour lui dire au revoir. Au moment de se faire la bise, Nicolas tourna la tête et tous deux s'embrassèrent.

Ce fut un long et beau baiser, comme dans les films. Stéphanie s'arrêta, gênée, elle lui lança un regard, un sourire et courut vers sa voiture. Une fois installée, elle lui envoya un SMS.

Celui-ci disait : « Merci pour cette soirée, j'ai passé un bon moment. Désolé d'être partie si vite… Ce baiser était magique, mais j'en suis gênée, à lundi. Bisous. »

Elle partit, il lui répondit : « Moi aussi j'ai passé une bonne soirée en ta compagnie. Ne sois pas gênée je comprends, c'est moi qui suis allé trop vite, à lundi. Bisous ».

Chacun repartit de son côté, le sourire aux lèvres.

Chapitre 3
Première invitation, tromperie et infidélité

Lundi, Stéphanie commençait sa journée à 8 h 15 et finissait à 14 h 30. Ce matin-là, elle ne vit pas Nicolas à son poste mais un nouveau vigile était là pour le remplacer. Elle l'avait su par une collègue de l'accueil qui lui apprit que Nicolas ne travaillait plus ici. Déçue de la nouvelle et surtout déçue que Nicolas lui ait rien dit, elle fit attention à ne pas montrer ses émotions à sa collègue. Une larme coula sur sa joue. Pourquoi ne lui avait-il rien dit ? N'ayant pas de nouvelle, elle voulait savoir la vérité. À la fin de sa journée de travail, Stéphanie décida de lui envoyer un SMS : « Bonjour, j'ai appris ce matin que tu ne travaillais plus au magasin. J'ai d'abord été déçue de l'apprendre par une collègue, puis je me suis dit que peut-être tu ne m'en avais pas parlé pour me faire comprendre que tu ne voulais plus me voir. Si c'est le cas, j'aimerais quand même avoir une explication.

J'attends ta réponse, sois sincère. » L'après-midi passait et elle n'avait toujours pas de réponse. Puis dans la soirée, il répondit enfin : « Bonsoir, oui, c'est vrai je ne t'ai rien dit et j'en suis désolé, mais j'ai appris seulement ce matin que je devais changer de magasin.

Je n'ai pas eu le temps de te prévenir, accepte mes excuses. Dis-moi quand tu seras libre pour venir manger à la maison, je t'expliquerai tout. Bonne soirée, Bisous. »

Stéphanie hésitait à y croire mais elle accepta de le voir pour en parler.

Elle lui répondit :

« Bonsoir, j'accepte pour un repas et une explication. Mais un soir m'arrangerait plus, est-ce possible pour toi ? »

Il répondit peu de temps après : « OK pour un soir est-ce que vendredi soir chez moi 20 h te conviendrait ? »

ELLE : « OK pour vendredi soir, mon mari est en déplacement pour son travail. »

LUI : « D'accord, ça marche, je te prépare une de mes spécialités. À vendredi ma belle, bisous ».

ELLE : « Mmmmmh ! J'ai hâte de goûter. Alors à vendredi, bisous ».

La semaine fut longue et l'attente aussi. Le vendredi, 20 h arriva enfin, Stéphanie ayant fini tôt ce jour-là eut le temps de rentrer se préparer. Comme son mari était en déplacement pour le travail, elle pouvait se préparer tranquillement. Pour Nicolas, elle décida de mettre sa plus belle robe, elle s'attacha les cheveux en les relevant légèrement, ça faisait bien longtemps qu'elle n'avait pas pris soin de cette façon. Son mari ne prêtait plus attention à elle, alors à l'idée d'être regardée par un homme, cela la réjouissait d'avance.

19 h 30

Stéphanie était enfin prête, il était l'heure de partir. Bizarrement, ce soir-là, elle n'eut pas l'impression de tromper son mari comme lors du premier baiser.

Entre son mari et elle, il n'y avait plus rien depuis des années, elle se disait donc qu'un peu de tendresse, être désirée lui ferait sans doute du bien.

20 h

Elle prit sa voiture et se rendit chez Nicolas, sans culpabiliser, bien au contraire.

Nicolas, lui, de son côté surveillait l'heure, il surveillait aussi par la fenêtre pour voir s'il voyait sa voiture. Quand enfin il l'aperçut, la jeune femme descendait de sa voiture, elle portait une robe rouge magnifique qui descendait légèrement sur le genou, elle portait des talons et avait les cheveux relevés, son visage était dégagé, Nicolas n'en croyait pas ses yeux, Stéphanie était encore plus belle que la première fois. Puis, elle sonna chez lui, il alla ouvrir. Stéphanie, à son tour, vit Nicolas cheveux rasés, visage bien rasé de près, il portait un jean foncé avec une chemise bleue légèrement ouverte qui laissait entrevoir ses muscles bronzés.

Nicolas la fit entrer chez lui, en lui disant : « Entrez, belle dame ! » Stéphanie fut flattée. Ils se posèrent sur le canapé pour prendre un apéritif, tout en discutant. Ils ne se quittaient pas du regard. Ils plongèrent leurs mains en même temps dans le plat de petits fours. Dans un premier temps, gênés l'un comme l'autre, ils retirent leurs mains brusquement. Leurs regards se croisèrent à nouveau et ils comprirent que résister était trop dur. Ils s'approchèrent alors doucement l'un de l'autre et finirent par s'embrasser. Un vrai baiser comme Stéphanie n'en avait pas eu depuis bien longtemps.

Puis Nicolas allongea Stéphanie sur le canapé tout en l'embrassant, il passa doucement la main sous sa robe, Stéphanie quant à elle déboutonna la chemise de Nicolas…

L'amour sur le canapé, comme cela, Stéphanie ne se le rappelait plus, ces doux moments, délicats où on ne prévoit pas l'acte d'amour.

Après ce moment magique, ils restèrent allongés quelques instants l'un contre l'autre. Ils passèrent ensuite à table, les regards, les sourires étaient bien présents entre eux. Stéphanie ne pensait même pas à son mari qu'elle venait de tromper, elle pensait au bonheur qu'elle vivait ce soir-là.

La fin du repas arriva et l'heure du départ de Stéphanie aussi. Elle avait du mal à se dire qu'elle devait partir, elle était tellement bien avec Nicolas. Mais il le fallait, elle était mariée, tous deux se sont remerciés de cette magnifique soirée et se promirent de se revoir très vite.

Chapitre 4
Perdu entre deux hommes

Après cette soirée, Stéphanie rentra chez elle heureuse, elle s'est rendu compte qu'elle pouvait toujours plaire aux hommes malgré ce que son mari lui laissait penser.

La tête dans les étoiles, elle passa le seuil de sa porte d'entrée, et là surprise, son mari était rentré plus tôt que prévu.

Elle fut bien étonnée de le voir assis dans son fauteuil. Celui-ci se retourna en entendant sa femme rentrer, il la questionna pour savoir où elle était… Stéphanie, d'abord surprise de le voir, réfléchit, elle dit alors qu'elle avait passé la soirée au restaurant et au cinéma avec ses collègues de travail.

D'abord sceptique de sa réponse, son mari la crut, puis il lui expliqua, à son tour, pourquoi il était rentré plutôt, c'est simplement que sa femme lui manquait trop, alors il a fini son travail et avait quitté l'hôtel où il devait rester tout le week-end pour rejoindre celle qu'il aimait tant. Jean prit alors Stéphanie par la main pour l'attirer sur ses genoux. Elle se laissa tomber sur lui, surprise qu'il soit si câlin et si amoureux alors qu'il n'avait plus rien montré depuis des années. Il commença à la caresser sous sa robe. Stéphanie se sentit gênée, elle n'avait pas envie de son mari mais elle ne voulait pas éveiller de soupçon sur son aventure avec Nicolas. Alors elle se laissa faire, le couple copula sur le fauteuil, mais Stéphanie, n'ayant pas envie de son mari, se sentit obligée de simuler son orgasme.

Quand ils finirent, Jean avait l'air satisfait, il avait pris du plaisir et pensait en avoir donné à sa femme. Stéphanie, mal à l'aise, prétexta un mal de tête pour aller prendre une douche et aller dormir, son mari la crut et la laissa tranquille.

Sous sa douche, Stéphanie culpabilisait, elle se posait certaines questions :

– Avait-elle encore des sentiments pour son mari ?

– Son mari avait-il simulé comme elle ? Et si lui aussi avait une aventure et voulait le cacher ?

– Et Nicolas est-il juste une aventure ou le début d'une histoire d'amour ?

Elle alla se coucher avec ses questions qui lui trottaient dans la tête.

Le lendemain quand elle se leva pour aller travailler son mari était déjà parti, mais avant de partir, il avait pris soin de préparer son petit déjeuner. Tout était prêt sur le plateau dans la cuisine, il y avait le café, les viennoiseries, un bouquet de roses rouges et un petit mot qui disait :

« Mon amour,

Je n'ai pas osé te réveiller, tu es tellement belle quand tu dors. J'espère que ton mal de tête va mieux. Merci pour hier soir, cela faisait bien longtemps que nous avions été l'un contre l'autre de cette façon. Je me rends compte que je t'aime toujours autant qu'au premier jour.

Bonne journée, mon amour,
Ton mari qui t'aime. »

Après avoir lu ce mot si gentil, Stéphanie n'en revenait pas, non seulement son mari n'avait pas remarqué qu'elle avait simulé mais en plus, il était encore plus amoureux que jamais, alors qu'elle était persuadée qu'il n'avait plus de sentiment pour elle. À ce moment-là, elle reçut un SMS de Nicolas qui disait qu'il avait adoré la soirée, qu'il avait hâte qu'ils puissent se revoir.

En lisant le message, Stéphanie était perdue, elle décida de ne rien dire pour le moment à son mari, concernant sa relation avec Nicolas. Elle préférait attendre et voir comment cela évoluerait dans le temps.

Chapitre 5
Pas simple…

Stéphanie était perdue, elle pensait que son mari n'avait plus envie d'elle et qu'il n'avait plus de sentiments. En ce qui concernait ses sentiments pour son mari elle était perdue, est-ce qu'elle en avait encore pour lui ? Comment allait-elle réagir en voyant Nicolas ? Lui à qui elle avait dit que plus rien ne se passait dans son couple, qu'il ne se passait plus rien depuis longtemps. Elle décida que pour le moment son amant n'avait pas à savoir et que, de toute façon, cela ne durerait sans doute pas.

Dans l'après-midi alors qu'elle était en repos et donc tranquille chez elle à faire son ménage, son téléphone sonna : c'était lui, son amant, Nicolas elle se mit à trembler et à ne pas vouloir répondre. Et si rien qu'à sa voix, il comprenait que quelque chose se passait et qu'elle serait obligée de lui dire pour elle et son mari. Stéphanie reçut alors un SMS pour l'informer que Nicolas lui avait laissé un message vocal elle l'écouta : « Bonjour, mon amour, j'ai adoré notre moment d'hier. Te sentir contre moi était magique, j'ai hâte de te revoir. Je t'embrasse tendrement. »

Stéphanie ressentit alors des frissons, elle lui envoya un SMS pour lui dire : « Mon amour, je te remercie pour ton massage qui me fait très plaisir. J'ai aussi apprécié notre moment hier, pour moi aussi c'était magique. Vivement que l'on se retrouve. Je t'embrasse fort. »

La fin de la journée arriva, Jean le mari de Stéphanie rentra à la maison. Il arriva vers sa femme pour l'embrasser, celle-ci fut surprise de le voir arriva amoureux, les yeux pétillants, et avec une bouteille de champagne à la main.

Elle lui demanda pourquoi il avait apporté du champagne, Jean fut surpris que Stéphanie eût oublié l'anniversaire de leur rencontre. Elle était gênée alors que d'habitude elle était la première à y penser. Stéphanie prétexta y avoir pensé mais elle avait tellement de choses à faire qu'elle n'avait pas eu le temps d'aller un cadeau ou de faire le repas comme elle fait d'habitude. Jean fut surpris que sa femme ait pu oublier alors que, d'habitude, c'était toujours elle qui y pensait, mais il la crut elle avait pu oublier pour une fois, elle faisait tellement entre son travail et la maison. Il lui proposa alors d'aller au restaurant, il y avait réservé une table. Stéphanie accepta, elle alla se préparer, pendant qu'elle était sous la douche, elle reçut un SMS de Nicolas (heureusement, son téléphone se trouvait pas loin d'elle). Ce SMS était une invitation à dîner pour le soir, elle se trouvait bien embêter elle voulait aller avec son amant, mais n'avait pas d'excuse valable à donner à son mari, et puis en même temps, cela faisait tellement longtemps que Jean n'avait pas été si amoureux.

Alors, à contrecœur elle refusa l'invitation de Nicolas, elle lui renvoya un SMS en lui expliquant que son mari était présent et que si elle sortait il risquerait de trouver cela bizarre. Nicolas lui répondit dans la foulée en lui disant qu'il comprenait et qu'il avait hâte de la retrouver très vite.

Chapitre 6
Le restaurant avec Jean

Une demi-heure plus tard, Stéphanie était enfin prête. Elle rejoignit alors Jean qui l'attendait avec deux coupes de champagne, il s'agenouilla et lui dit : « Ma femme, cela fait déjà 20 ans que nous sommes ensemble. J'ai souvent été absent et je regrette. Ce soir, je te fais la promesse d'être plus présent pour notre couple.

Je t'aime mon bébé, pour le meilleur et pour le pire. »

Stéphanie resta sans réaction devant cette déclaration, jamais son mari ne lui avait parlé de cette façon. Elle lui demanda s'il aurait toujours des déplacements professionnels, ce à quoi il répondit qu'il avait fait une demande à son patron pour être sur place plus souvent, il aurait toujours des déplacements mais moins souvent qu'en ce moment.

Stéphanie pensa alors à sa relation avec Nicolas. Si son mari était plus souvent à la maison, il faudrait ruser pour voir son amant.

Après cette déclaration, et après avoir bu leur verre de champagne, ils partirent pour le restaurant. Dans la voiture, Jean fit beaucoup de compliments à Stéphanie : comme elle était belle ! C'était une femme formidable ! Elle ne parlait pas, elle était presque en train de culpabiliser d'avoir eu une aventure avec un autre homme. Arrivée au restaurant, Stéphanie regarda par la fenêtre et vit un château magnifique. Jean trouva une place pour garer la voiture et, avant de descendre, il demanda à sa femme de ne pas bouger, il revenait vite. Il sortit de la voiture et se dirigea vers le château. Stéphanie attendait et son téléphone sonna. C'était Nicolas, elle hésita à répondre pour finalement décrocher. Nicolas lui demanda des nouvelles de sa soirée avec son mari. Elle lui raconta son comportement et lui expliqua que celui-ci faisait bizarre car elle n'avait plus l'habitude, cela faisait des années qu'il n'avait pas été si gentil. Ils parlèrent ensuite de la nuit qu'ils avaient passée, Stéphanie retrouva vite le sourire et se rendit compte qu'elle ne pouvait pas se passer de son amant.

Quand Stéphanie aperçut son mari qui revenait, elle promit à Nicolas de le rappeler très vite et raccrocha. Jean s'approcha de la voiture pour lui ouvrir la porte. Il tendit sa main, pour qu'elle sorte, et l'emmena vers le magnifique château. Ils entrèrent et se dirigèrent vers la table que Jean avait réservée. Celle-ci avec des couleurs rouge et noir, et de jolis chandeliers, les bougies scintillaient de mille feux.

Jean tira la chaise afin que Stéphanie puisse s'asseoir, mais n'ayant pas l'habitude de la galanterie de son mari, elle ne le vit pas faire et s'assit en face. Jean s'assit donc sur la chaise qu'il avait tirée pour sa femme.

Le repas fut très long pour Stéphanie, elle n'arrêta pas de penser à Nicolas, elle s'en voulait de lui avoir presque raccroché au nez si rapidement. Jean parlait, mais comme elle était dans ses pensées elle ne prêtait pas attention à la conversation et, lui, ne voyait rien et continuait à parler étant persuadé que sa femme suivait la conversation.

Stéphanie sentait son téléphone vibrer dans son sac, et si c'était Nicolas ? Elle prétexta devoir aller aux toilettes. Elle en profita pour regarder son téléphone, Nicolas avait envoyé un SMS qui disait : « Profite de ta soirée, on se retrouvera bien vite, mon amour. Gros bisous. »

Soulagée qu'il ne soit pas vexé, elle lui répondit : « Ce soir, je pense à toi, hâte de te revoir. Gros bisous. »

Elle retourna vers la table où son mari l'attendait. Au loin, elle l'aperçut au téléphone en train de rire aux éclats, dès que celui-ci l'aperçut il raccrocha et rangea son téléphone dans sa veste. Stéphanie lui demanda qui l'avait appelé pour le faire rire ainsi, il répondit que c'était son patron, pour qu'il travaille ce soir… En l'ayant vu entendu, Stéphanie n'y croyait pas, jamais elle l'avait vu rire ainsi avec son patron…

Et si Jean avait une maîtresse ?

Chapitre 7
Comment faire…

Le lendemain, Jean dut partir en déplacement professionnel, il promit à sa femme que c'était seulement 2 jours et comme il lui avait expliqué s'il obtenait le poste demandé, les déplacements seraient moins fréquents.

À peine son mari parti, Stéphanie appela Nicolas. Celui-ci ne répondit pas, elle lui laissa un message vocal en lui expliquant que son mari venait de partir en déplacement professionnel et qu'il serait alors absent pendant deux jours. Et donc, s'il était disponible elle attendait de ses nouvelles, et qu'elle avait hâte de le retrouver. Quelques minutes plus tard, Nicolas la rappela. Elle répondit de suite, il lui proposa de se rejoindre d'ici une heure au bar où ils avaient bu leur premier verre, elle accepta. Le moment de se retrouver était arrivé, ils se garèrent au même moment sur le parking. Nicolas fut signe à

Stéphanie de monter dans sa voiture, il voulait l'emmener dans un endroit un peu plus tranquille. Ils partirent alors avec la voiture de Nicolas, Stéphanie ne prêtait pas attention à la route, elle n'arrêtait pas de le regarder, il lui plaisait tellement qu'elle ne pouvait s'arrêter. Elle le trouvait de plus en plus beau à chaque fois qu'ils se voyaient. Ils arrivèrent enfin dans un endroit magnifique entouré d'arbres et bien caché dans les arbres, il y avait des cabanes qui paraissaient assez spacieuses, Nicolas proposa à sa dulcinée de monter dans l'une d'elle. Stéphanie d'abord surprise par la beauté de l'endroit, fut ensuite surprise par la beauté de la cabane perchée. Elle demanda alors à son homme, combien sans indiscrétion il avait pu payer, pour elle cela valait une fortune et elle ne le méritait pas.

Mais Nicolas lui expliqua qu'elle n'avait pas à culpabiliser, il n'avait rien payé pour être là, cet endroit appartenait à sa famille depuis des années et que les cabanes avaient été construites par son père et son oncle.

Ils se préparent alors à passer un bon moment, autour d'un bon moment, autour d'un bon repas concocté par Nicolas lui-même.

Pendant le repas, ils parlèrent de la soirée au restaurant de Stéphanie et son mari. Stéphanie expliqua qu'elle fut d'abord surprise de l'invitation de son mari, ce n'était pas arrivé depuis des années qu'il avait été si amoureux et attentionné, puis elle raconta le moment où il était au téléphone, le moment où il riait aux éclats et à prétexter avoir eu son patron en ligne, et que, du coup, elle avait des doutes sur sa fidélité. Ce n'est pas qu'elle lui en voulait car, après tout elle aussi était infidèle, mais pourquoi est-il si gentil s'il était infidèle cela ne tenait pas debout.

Nicolas proposa à Stéphanie de mener une en enquête pour connaître la vérité sur son mari, à savoir pourquoi il avait ce comportement. Est-ce que cela cachait une infidélité ou pas ? Sachant qu'il était agent de sécurité au sein d'une société il ne travaillait pas que pour les magasins, il pouvait être amené à se retrouver dans différents endroits par exemple en ce moment, il était agent de sécurité pour des séminaires d'entreprise. Nicolas proposa alors à Stéphanie de surveiller s'il serait amené à croiser son mari lors d'un séminaire.

Stéphanie accepta, non pas par jalousie, mais si son mari avait bien une aventure aussi il lui serait plus facile de le quitter si son aventure à elle devait continuer.

Nicolas appela alors son responsable pour se renseigner des séminaires d'entreprise prévus dans les prochains jours, il se trouvait justement que l'entreprise de Jean en organisait un samedi qui arrivait, et coup de chance, il manquait un agent de sécurité pour l'entrée.

Il se trouve que l'agent qui devait être présent ne pouvait finalement pas venir. Nicolas sauta sur l'occasion et proposa de remplacer son collègue, son responsable accepta de suite sans poser de question, n'ayant personne sous la main. Il apprécia l'initiative de Nicolas. Comme pour chaque mission son responsable lui envoya les instructions de la soirée par mail ; lieux, liste des invités et les horaires.

Nicolas raccrocha son téléphone, il reçut de suite le mail mais ne pouvait révéler les infos à sa belle, sauf la liste. Il affirma que Jean était prévu avec une personne à côté de son nom, il était indiqué « +1 », mais que cela ne pouvait être elle car si le salarié de l'entreprise venait avec sa conjointe, le nom de celle-ci apparaissait sur la liste. Ici, cela signifiait qu'il n'avait pas envie de révéler le nom de la personne. Ce « +1 » représente tout le monde et personne à la fois sauf la conjointe, cela peut-être le stagiaire, un ami, la secrétaire…

Nicolas proposa à Stéphanie que s'il remarquait quelque chose il essayerait de prendre des photos et de lui envoyer. L'oncle de Nicolas lui envoya un SMS pour le prévenir qu'il faisait un feu dans le champ pour griller des marshmallows et chanter. Les amoureux décidèrent d'y participer pour profiter d'eux et arrêter de parler de Jean.

Chapitre 8
Le samedi du séminaire de Jean

Nicolas se préparait pour le départ, il reçut alors un message de Stéphanie lui demandant s'il acceptait toujours de prendre des photos pour lui envoyer ensuite. Il lui répondit que oui comme il lui avait promis, s'il avait la possibilité il ferait des photos.

Arrivé sur place 4 h avant le début du séminaire il rejoint ses collègues et le responsable du séminaire, ils firent connaissance, pour ceux qui ne se connaissaient pas. Nicolas reconnut un collègue qu'il n'avait pas vu depuis longtemps. Celui-ci accepterait peut-être de l'aider dans son enquête.

En attendant que tout le monde arrive, il alla saluer ce collègue, il lui expliqua la situation et lui demanda s'il accepterait de l'aider. Il lui demanda aussi de ne pas ébruiter sa relation compliquée. Son collègue accepta avec plaisir, il avait toujours eu envie d'être détective…

Les autres agents de sécurité étaient enfin arrivés. Après avoir reçu les instructions de la soirée, chacun se plaça à son poste. Nicolas partit vers l'entrée avec un autre agent de sécurité. Et son ami alla à l'intérieur de l'hôtel, son poste à lui était de surveiller que tout se passait bien à l'intérieur.

À l'entrée, Nicolas vérifiait les invitations des personnes qui voulaient rentrer, il regardait chaque homme dans les yeux pour ne pas louper Jean. Plusieurs personnes passèrent mais pas de Jean en vue, quand soudain, il l'aperçut, mais seul, Nicolas le regarda s'approcher et lui demanda son nom, Jean lui tendit alors son invitation. Nicolas demanda si la personne qui devait l'accompagner ne venait pas ou si elle avait juste du retard. Jean expliqua alors qu'elle aurait un peu de retard mais que pour être sûr que ce soit elle, Jean lui avait donné un mot de passe qui était « BICHON », Nicolas et son collègue se demandèrent d'où pouvait bien venir ce mot de passe. Jean expliqua que c'était le surnom que cette personne lui donnait. Les deux collègues notèrent alors le mot de passe tout en se retenant d'en rire.

Jean, lui, rentra dans l'hôtel où se passait le séminaire. Nicolas prévint alors son ami par SMS de l'entrée de Jean et afin de le décrire que celui-ci puisse le reconnaître. Les invités continuaient à arriver, mais la personne qui devait accompagner Jean n'était toujours pas arrivée.

Les deux agents attendirent encore et encore mais personne n'arriva. Jean sortit alors de l'hôtel pour venir vers eux et les prévenir que son amie ne viendra finalement pas, elle avait eu un empêchement de dernière minute.

Nicolas cacha sa déception, il aurait tant aimé découvrir quelque chose pour Stéphanie. Les deux agents prirent leur pause, Nicolas envoya un message à Stéphanie pour lui dire que son mari était bien là, mais seul. Il lui expliqua qu'il était déçu, et qu'il aurait tant aimé l'aider. Stéphanie qui était près de son téléphone à attendre des nouvelles lui répondit aussitôt, elle le remercia pour son aide et lui expliqua qu'il n'avait pas à s'en vouloir il en faisait déjà beaucoup, rien qu'en lui donnant le sourire chaque jour.

Un peu plus tard dans la soirée, l'ami agent de sécurité de Nicolas lui envoya un SMS pour le prévenir que Jean était sorti sur le parking de l'hôtel pour téléphoner et qu'il avait pu entendre et enregistrer la conversation téléphonique. Jean avait dû mettre la personne en haut-parleur pour mieux entendre à cause du bruit qui venait de la salle. Son ami lui envoya l'enregistrement on y entendait Jean qui parlait à une femme qu'il ne cessait de l'appeler « mon amour » à cause du bruit on entendait très peu. Nicolas connaissait la voix de cette femme mais il n'arrivait pas à se rappeler.

Il envoya un nouveau message à Stéphanie pour lui dire qu'il avait un enregistrement d'une conversation téléphonique entre son mari et sa maîtresse, il lui envoya alors la conversation.

À la fin de la soirée, Jean s'approcha vers Nicolas. Il ne lui était pas inconnu, sa tête lui disait quelque chose, il l'avait déjà vu mais ne savait plus où. Nicolas hésita à lui dire qu'il travaillait dans le magasin où Stéphanie travaillait. Puis je me souvins de l'agent de sécurité du magasin ou travaillait sa femme, Nicolas acquiesça et fit mine de ne pas voir qui était sa femme il disait ne pas prêter attention aux personnes qui travaillait dans le magasin. Jean sortit alors une photo de son portefeuille pour la montrer à Nicolas qui faisait toujours mine de ne pas la reconnaître. Mais Jean l'avait vu ailleurs aussi sur le retour vers chez lui il réfléchit, il l'avait vu en photo quelque part mais ne savait plus où !

Jean repartit alors, sans se douter qu'il venait de parler avec l'amant de sa femme et qu'ils se retrouveraient bientôt.

Chapitre 9
L'accident de la vérité

L'enquête menée par Nicolas et Stéphanie ne donnait rien pour le moment, mis à part un enregistrement avec une voix de femme qui disait quelque chose à Nicolas. Ils avaient peu de preuve que Jean trompe Stéphanie. Mais peu importe pour le moment ils étaient heureux ensemble et profiteraient de se voir dès que possible.

Parfois, ils avaient l'impression d'être redevenus adolescents, du fait de devoir se cacher, de ne pas ébruiter leur relation…

Ça les amusait beaucoup, quand ils ne pouvaient pas se voir pendant plusieurs jours, ils ne cessaient de s'envoyer des SMS aussi coquins les uns que les autres, parfois même très osés et très… très sensuels, ou même… euh…

Heureusement que le mari de Stéphanie ne regardait pas son téléphone. Et puis, après tout, elle s'en fichait, car si elle était du genre à fouiller dans le téléphone de son mari, elle se dit qu'elle y trouverait sans doute des SMS de ce genre.

Pour elle, son mari avait forcement une maîtresse plus belle, plus jeune qu'elle, forcement sinon où était d'avoir une maîtresse.

Elle avait bien fait ce choix avec Nicolas. Il faut avouer qu'elle était tout de même bien tentée d'aller voir le téléphone de son mari, mais à quoi bon… Il avait une double vie et alors elle aussi, du coup elle s'en fichait. Par moment, elle en arrivait à l'oublier tellement elle pensait à Nicolas.

Avant Stéphanie était une femme dévouée à son mari, elle faisait tout pour lui (ménage, repassage, cuisine…) pour que, dès qu'il rentrait du travail tout soit prêt. Il savait bien lui faire la remarque quand quelque chose était mal fait, mais ne lui faisait jamais de compliments, ou alors ils étaient rares. Mais aujourd'hui, depuis qu'il ne faisait plus déplacement, il arrivait tard le soir, il était fatigué et ne prenait plus de temps de faire des remarques désagréables ou pas. Quand le repas n'était pas prêt, il donnait l'impression d'un mari parfait, il proposait un restaurant ou de se faire livrer.

Serait-ce sa maîtresse qui le faisait changer ?…

Stéphanie ignorait vraiment ce qui avait pu faire changer son mari, à devenir aimable. Voilà une question qui resterait sans doute sans réponse, elle n'avait pas envie de savoir. Un matin, au moment de partir au travail, Jean prépara le petit déjeuner pour sa femme avec un petit mot où il avait écrit :

« À ce soir, JE T'AIME ».

La journée passa. Le soir venu, Stéphanie reçut un SMS de Jean lui disant qu'il était retenu au travail et ne pouvait pas rentrer de suite, il disait aussi qu'il ignorait à quelle heure il rentrerait.

À la suite de ce message, Stéphanie appela Nicolas pour savoir s'il était disponible, mais il ne répondit pas. Elle lui laissa alors un message en lui disant que son mari allait rentrer tard, du coup ils pourraient sans doute profiter pour se voir.

Nicolas mit du temps à lui répondre alors que, d'habitude, il répondit rapidement.

Quand il répondit enfin, c'était pour annoncer à Stéphanie qu'il ne pouvait venir ce soir, il avait un imprévu de dernière minute.

Et qu'il la recontacterait dans la soirée dès que possible pour lui. Stéphanie était déçue, mais elle savait que son homme allait la contacter dès que possible, alors elle attendit un long moment, très long moment… les heures passaient…

Quand son téléphone sonna enfin, c'était lui. Elle répondit joyeusement mais sentit que, dans sa voix à lui, il y avait de la tristesse. Elle lui demanda si ça allait car elle n'en avait pas l'impression. Nicolas lui expliqua que sa mère venait de faire un AVC (accident vasculaire cérébral), il était actuellement à l'hôpital avec sa sœur dans l'attente de nouvelles des médecins. Stéphanie lui proposa de le rejoindre afin de le soutenir dans cette épreuve et l'attente des résultats. Nicolas accepta et il appréciait aussi beaucoup, il lui envoya alors l'adresse de l'hôpital par SMS. Elle lui promit de faire au plus vite et raccrocha pour prendre la route.

Arrivée sur le parking de l'hôpital, elle envoya un SMS à Nicolas pour lui dire qu'elle était arrivée et qu'elle attendait devant l'entrer. Nicolas lui répondit qu'il arrivait la chercher.

Au loin, elle aperçut son mari, qui était au téléphone. Nicolas arriva pour la rejoindre, il voulut la prendre dans les bras pour l'embrasser mais elle lui montra son mari qui était un peu plus loin. Ils s'embrassèrent donc discrètement à l'intérieur et rejoignirent la sœur de Nicolas. Il fit les présentations entre les deux femmes, sa sœur était un peu plus jeune que lui, les yeux verts, assez grande, elle s'appelait Capucine. Les deux femmes furent ravies de faire connaissance l'une de l'autre. Capucine, elle, était contente de connaître enfin la femme dont son frère parlait tellement.

Elle expliqua ensuite à Nicolas qu'elle venait d'avoir, au téléphone, le nouveau compagnon de leur mère et qu'il devait arriver, Nicolas ne l'avait jamais vu… et pourtant quand il le verrait… Capucine elle l'avait déjà vu chez leur mère.

Quelques instants plus tard, Stéphanie aperçut son mari venir vers elle, elle lâcha alors la main de Nicolas rapidement se demandant ce qu'il pouvait bien faire ici, alors qu'il était censé être retenu au travail. Leurs regards se croisèrent, sans un mot. Capucine se jeta au cou de Jean, elle avait l'air soulagée de le voir. Nicolas et Stéphanie ne comprenaient pas comment tous les deux pouvaient se connaître. Capucine se retourna alors vers son frère et Stéphanie en leur présentant Jean comme le compagnon de sa mère. Les amoureux restèrent bouche fermée et surpris… Quant à Jean, il comprit alors où il avait vu Nicolas en plus du magasin, c'était en photo chez sa maîtresse.

Ils n'osaient plus parler, seule Capucine parlait pour expliquer à Jean comment allait sa maîtresse.

Le médecin arriva enfin pour prévenir Nicolas et Capucine que leur mère allait bien, et qu'ils pouvaient aller la voir.

Avant de se rendre dans la chambre de sa mère, Nicolas lança un regard glacial à Jean, il prit

Stéphanie lui pencha la tête en arrière et l'embrassa d'une façon sensuelle. Il la relève et lui dit en la regardant dans les yeux « À toute l'heure mon amour ».

Le frère et la sœur se dirigèrent ensuite vers la chambre. Sur le chemin, Capucine voulait comprendre, son frère avait l'air de connaître Jean. Nicolas lui expliqua alors toute l'histoire. Pour le moment, ils décidèrent tous les deux de ne pas en parler à leur mère. Quant à Jean et Stéphanie, ils allèrent discuter à l'extérieur de l'hôpital. Jean commença à raconter comment il avait rencontré la mère (Éléonore) de Nicolas et Capucine.

Ils s'étaient rencontrés dans un hôtel lors d'un séminaire. Éléonore s'était trompée de chambre, ils avaient bu un verre au bar, ils avaient sympathisé, s'était revus et avaient fini par tomber amoureux l'un de l'autre. Mais s'il menait cette double vie sans en avoir parler, c'est parce qu'il aimait toujours sa femme, en même temps qu'il aimait sa maîtresse.

Il ne pouvait se passer ni de l'une ni de l'autre.

Stéphanie raconta à son tour comment elle avait connu Nicolas, leur rapprochement, leur week-end… Mais qu'elle, contrairement à son mari, ne souhaitait plus avoir une double vie. Elle n'avait plus de sentiments pour lui et voulait vivre avec son amant pour qui elle avait des sentiments. Mais que si elle n'avait jamais parlé de Nicolas, c'est qu'elle ne savait comment faire, surtout depuis qu'il était redevenu l'homme attentionné qu'elle avait connu elle voulait juste en profiter un peu.

Mais maintenant qu'elle savait que son mari avait lui aussi une aventure extraconjugale, ce n'était plus possible qu'ils restent ensemble, surtout que la maîtresse de son mari était la mère de son amant à elle…

Chapitre10
Tout est bien qui finit bien

Quelques mois passèrent ; la mère de Nicolas, Capucine, allait mieux, elle était rentrée chez elle.

Jean et Stéphanie avaient mis leur maison en vente, Stéphanie avait demandé le divorce pour aller vivre avec Nicolas. Jean lui n'était pas d'accord pour le divorce, il voulait continuer sa double vie, il disait ces deux femmes autant l'une que l'autre. Malheureusement pour lui, Éléonore le quitta en apprenant qu'il était le futur ex-mari de sa nouvelle belle-fille.

Nicolas lui était le plus heureux à l'idée qu'enfin sa belle allait vivre avec lui. Et puis sa mère ne sortait plus avec Jean, il ne l'appréciait pas vraiment entre le fait qu'il était le futur ex-mari de sa belle, qu'il aurait pu devenir son beau-père, et puis la différence d'âge. Lui et Stéphanie n'étaient pas très enchantés de cette relation, alors quand ils apprirent qu'Éléonore y avait mis fin, ils furent soulagés.

Nicolas et Stéphanie décidèrent de s'éloigner un peu pour se retrouver juste tous les deux. Ils partirent pour une croisière pendant 6 mois.

6 mois plus tard

Quand ils revinrent sur terre, ils allèrent voir Éléonore, Capucine était là, et ils furent surpris quand ils virent aussi que Jean était là. Il était assis autour de la table et discutait avec Éléonore et Capucine, il était habillé en prêtre. Nicolas et Stéphanie avaient d'abord cru à une blague de sa part, ou qu'il s'était déguisé pour une occasion. Mais non, Jean leur expliqua qu'après le départ, il avait fait le choix de devenir prêtre, tellement il était désespéré.

Après cette nouvelle pour laquelle ils avaient été bien surpris, ils décidèrent que tout le monde soit réuni pour annoncer leur bonne nouvelle. Ils allaient devenir parents, à leur grande surprise, Jean fut le premier à les féliciter et à proposer de célébrer le baptême quand le bébé sera né…

Encore surpris de ce qu'il venait d'apprendre et de la proposition de Jean pour le baptême, ils acceptèrent.

En voyant le bonheur que procurait la bonne nouvelle de la future arrivée de leur bébé, tout le monde était heureux que ce soient les futurs parents, Éléonore la future grand-mère, Capucine la future tata et le prêtre Jean.

Tous formaient une grande et belle famille. Même Jean en faisait partie, il venait souvent leur rendre visite que ce soit avant ou après la naissance du bébé. Et cela ne dérangeait plus personne sur le fait que Jean était l'ex-mari de Stéphanie ou l'ex-petit ami d'Éléonore. Plus personne dans la famille n'en parlait, c'était du passé. Ils vivaient heureux comme ça.

« Au fait, le bébé, c'est une fille
48 cm
3 200 kg
elle s'appelle Louane.
Elle fait le bonheur de ses parents Nicolas & Stéphanie mais aussi de sa grand-mère Éléonore
De sa tante et marraine Capucine
Et de son parrain le père Jean ».

Imprimé en Allemagne
Achevé d'imprimer en novembre 2023
Dépôt légal : novembre 2023

Pour

Le Lys Bleu Éditions
40, rue du Louvre
75001 Paris

LE LYS BLEU

ÉDITIONS

www.ingramcontent.com/pod-product-compliance
Lightning Source LLC
Chambersburg PA
CBHW062348010826
49168CB00024B/310

9791042213299